엘리트 시선 29

밤하늘의 별을 그리며

금 의 자 시집

엘리트출판사

이 도서의 국립중앙도서관 출판예정도서목록(CIP)은
서지정보유통지원시스템 홈페이지(http://seoji.nl.go.kr)와
국가자료종합목록시스템(http://www.nl.go.kr/kolisnet)에서 이용하실 수
있습니다. (CIP제어번호 : CIP2019026327)

밤하늘의 별을 그리며

금 의 자 시집

엘리트출판사

늦었다고 생각할 때가 가장 빠르다

'늦었다고 생각할 때가 가장 빠르다.'고 회자하는 명언을 꽉 붙잡고 연전에 시인과 수필가로 등단하여 한 편 한 편 써 모은 시(詩)를 첫 시집 『밤하늘의 별을 그리며』로 묶어 한 권의 시집을 내놓습니다.

미숙한 글이라 부끄럽기도 하지만, 다른 한 편으로는 용기를 내어봅니다. 제가 쓴 단 한 편의 시(詩)가 독자님께 한 줄기 싱그러운 꽃향기로 남을 수 있기를 꿈꾸면서, 자연의 신비 속에 내재하는 아름다움을 찾아 나름대로 사유(思惟)를 통하여 조금씩 작품을 탄생시켜 왔습니다. 저의 글에 대해 애정 어린 충고와 격려로 이끌어 주시리라 바라면서 '쇠자루를 갈아 바늘을 만든다.'는 이백(李白)의 좌우명을 가슴에 새겨두고 계속 정진하여 진솔한 글을 쓰고 싶습니다.

　저의 시작(詩作)에 용기와 희망을 주시고, 아낌없는 고언(苦言)으로 이끌어 주시는 고매(高邁)하신 장현경 평론가님과 심사위원님께 깊이 감사드립니다. 그리고 예술적인 편집으로 제 시집의 품격을 더 해주신 마영임 편집장님과 관계자 여러분께도 거듭 감사드립니다.

　저의 첫 시집 출간을 기다리며 응원해준 사랑하는 우리 가족 친지에게 고마운 마음 전하며, 변함없는 우정으로 고락을 같이 하시는 문우님들께 감사드리며, 존경하는 독자님께도 건강과 축복이 늘 함께하시기를 기원합니다. 감사합니다.

2019년 초여름에
청계의 글방에서
월계(月季) 금 의 자

어머님의 첫 시집 출간을 축하드리며

유명 베이커리보다 맛난 수제 쿠키와 달콤한 케이크를 만들어 주시던 손길, 애써 익힌 영어 단어 잊지 않겠다고 돋보기 너머 깨알 같은 타임스지 읽어내시던 눈길, 골프 입문 후 몸살 날만큼 신나게 스윙하시며 아이처럼 즐거워하시던 표정….

고희 지나 팔순 앞둔 매 순간을 흥미와 열정으로 채워오신 어머님, 켜켜이 쌓아온 그 소중한 삶의 기억과 사랑의 향기를 시집이라는 한 항아리에 꼭 눌러 담고 계셨네요.

어렵고 힘들 때도 많으셨을 텐데, 늘 즐겁고 보람된 일 찾아내어 그 속에서 행복을 누리시는 어머님이 부럽고 자랑스럽습니다. 첫 시집 출간을 축하드리며 오래오래 건필하시길 기원합니다.

2019년 6월

아들 내외 맹성호, 안미경

지켜보는 저희도 신바람 나고 기뻐요

어머니의 첫 시집 『밤하늘의 별을 그리며』 발간을 마음을 다하여 축하드려요. 어머니의 어린 시절의 꿈인 문인의 길을 한 걸음 한 걸음 활기차게 걸으시니 곁에서 지켜보는 저희도 신바람 나고 기뻐요. 제가 어릴 적부터 지켜본 어머니는 늘 책을 가까이하셨고, 일기 쓰기도 게을리하지 않으시며 저희에게도 '큰 꿈을 가지라'고 말씀하셨지요.

어머니의 잠재적인 문인의 새싹을 알아보시고 밀어주시는 아버지의 외조도 참 아름다워요. 저희 삶에 늘 모범이 되어주시는 부모님 존경합니다. 사랑합니다. 건강을 잘 챙기셔서 어머니께서 쓰시고 싶은 글 욕심껏 쓰시고 문운이 만개하시기를 기원합니다.

고희를 보내신 연세에도 가슴속에 소중하게 묻어둔 어린 시절의 꿈을 이루시는 멋진 장모님을 뵙고, 저도 끊임없이 공부하고 더 열심히 살아야겠다는 교훈을 얻게 됩니다. 첫 시집에 이어, 제2 시집, 제3 시집으로 이어지는 왕성한 창작활동 하시기를 응원합니다.

사위 양택훈과 딸 신희

contents

제1부 세심(洗心)

contents

제3부 나그네의 꿈

······· **밤하늘의 별을 그리며** ·······

제4부 연어의 수구초심

contents

제5부 겨울 나목(裸木)

글 향기

대문 밖은 고드름 추위
햇빛 쏟아지는 창가에 앉아
청계문학지(淸溪文學誌) 펼치니

포근하게 어깨 감싸 주는 솜털 햇빛에
감미롭게 녹아드는 몸과 마음
책 읽기에 더없이 좋은 시간

맑은 시냇물 흐르는 청초한 계곡에
금싸라기로 촘촘히 박힌 글
저마다 향기롭고

학이 둥지를 튼 솔숲에는
송이버섯보다 더 귀한 글 돋아나
저마다 푸르고 청청하네!

금의자 시집

밤하늘의 별을 그리며

제1부

세심(洗心)

풀잎에 맺힌
영롱한 아침 이슬로
다시 태어나고 싶다.

까치둥지

올봄에도 까치 한 쌍
우리 동네 높은 은행나무 꼭대기에
희망의 둥지 틀었네

알은 몇 개 낳았는지
새끼 까치는 몇 마리 부화했는지
해님만 아는 비밀

입안 가득 먹이 물고
부지런히 둥지 드나드는 어버이 까치 보니
둥지 속의 새끼 까치 잘 자라나 보다

어릴 적 고향 집 은행나무에서
아침마다 반갑게 인사하던 그 새
올봄에도 그곳에 보금자리 짓겠네.

꽃 중의 꽃

꽃 중의 꽃
우리 아기 웃음꽃

목욕 후 엄마 품 안에서
배부르게 먹으며 생글생글 웃고
잠에서 깨어나 눈 마주치면
방긋 웃는 사랑의 꽃

까꿍 놀이하다 내 얼굴 아니 보이면
금세 겁먹은 얼굴이
까꿍 하며 다시 내 얼굴 보여주면
활짝 웃는 아기 천사

꽃 중에 가장 귀한 꽃
우리 아기 웃음꽃.

꽃샘 눈보라

삼동(三冬)의 칼날 추위 이겨낸 힘으로
자신들만의 봄꽃 잔치
화사하게 펼친 우리 집 꽃밭
분분히 날아드는 벌 나비 떼
신바람 나는 춤사위

살랑살랑 부는 달콤한 바람에
파릇파릇 새 희망 돋아나는 풀잎의 노래
걷기 좋은 산책길

갑자기 먹구름 몰려와
심술궂게 빗방울 툭툭 던져보더니
결심한 듯 굵직한 우박 퍼붓는 성난 하늘

매화 살구 꽃잎 뚝뚝 떨어져 울며 떠나가고
자태 고운 목련꽃
부르르 떠네

너와 내가 꽃 멀미하며 쏟아낸 환호성에
가시에 찔린 듯 아파하며 분탕 치는
변덕스러운 저 봄바람!

달팽이 크림

군 복무 기간 동안
헌헌장부로 키가 훌쩍 더 큰 손자가
제대한 선물로
나와 제 고모에게 준 달팽이 크림

이름은 들어봤지만, 값이 비싸다 하여
귓등으로 흘렸는데
써보니
품질이 좋아 호사로구나

나라에서 주는 군인 월급으로는
제 용돈 쓰기도 모자랐을 터인데
그 돈 아껴 쓰고
이렇게 귀한 선물 주다니

내 사랑 꿈나무야
몸 건강하게 국방의무 완수했으니 축하한다
고맙고 자랑스럽다
사랑한다. 손자야.

동행

너와 나 사이에 흐르는
맑은 냇물에
목가적인 징검다리 하나
만들었으면

누구나 한 번쯤 즐겨 걷고 싶은
어릴 적 그 징검다리
우리 둘이 함께 만들었으면

거친 장마 몰고 오는
사나운 비바람에도
끄떡없는
튼튼한 징검다리 만들어

끈적이며 지치는 여름날엔
징검돌 위에 나란히 앉아 맨발 담그고
무심히 흘러보았으면
어디까지 든.

봄

섬진강 가에서 성급히 날아온
봄꽃 소식에 화들짝 놀라
이 골목 저 언덕 쏘다니며
잔설(殘雪) 녹이던 입춘 햇볕

겨우내 추위에 떨던 매화나무 가지
살포시 보듬으니
배시시 웃으며 실눈 뜨는 꽃봉오리
서두르며 꽃향기 사루네

초등학교 울타리 옆
해 묵은 산수유 고목
시샘하며 황금 햇살 베어내어
샛노란 산수유 꽃 튀밥 튀기니

희망가 부르며 날아드는
새들의 환호성
봄이 오는 소리.

세심(洗心)

깊은 산
바위 틈새에서 솟아나는
석간수(石間水) 길어다

남의 말에 쉽게 상처받아
두고두고 아픈 내 마음

귀가 얇아 혓바닥이 간지러운
냄새나는 입술
말끔히 씻어내어

풀잎에 맺힌
영롱한 아침 이슬로
다시 태어나고 싶다.

소풍 가는 날

6·25 전쟁 때
초등학교 일부가 폭격을 맞아
책 걸상 없이 공부하고
칙칙한 비료 종이 잘라
정성 들여 줄을 쳐 공책으로 쓰던 시절

소풍 가는 날은
설날처럼 기다려지고
신바람 나던 날

학교 옆 점방에서
사이다 한 병, 캐러멜 한 갑
커다란 눈깔사탕 사며
뭉게구름처럼 두둥실 떠다녔지

크고 작은 산봉우리 3개 넘나드는
편도 시오리 학교 갈 적에
소풍 목적지까지 십 리를 더 걸어도
다리 아픈 것쯤은 아무것도 아니게
즐거웠던 소풍 가는 날.

시(詩)

임은 내 안을 밝히는
꺼지지 않는 혼(魂) 불

향기 그윽한 나만의 꽃
한 송이 피우리라
애끓는 단심으로
임의 심장 그린다

임을 그리며 날밤 새우다가
다시 그려도
이르지 못하는 아픔
아침 햇살에 한 줌씩 털어내면

황금비늘 번쩍이며
빛 나래에 실려
허공 중에 몸부림쳐 부서지는
소중한 나의 편린(片鱗)들

얼마나 더 담금질하고
기다려야
임은 오려나
나만의 꽃으로.

아침이슬

토란잎에 맺힌
영롱한 물방울 다이아몬드
질긴 실에 꿰어
엄마 손가락에 반지 끼워드리고

풀잎에 맺힌
반짝이는 아침이슬
튼튼한 실에 꿰어
내 동생 반지랑 팔지
내 것도 함께
예쁘게 만들래요.

은빛 면류관

찰나를 살아도
비천(飛天)이 꿈인 나는 민들레꽃
집시 발레리나의 후손(後孫)

도시의 빌딩 숲 모진 틈새에
발레 슈즈 디디고
손톱만큼씩 마디게 자라지만

내 키보다, 내 품보다 더 큰 꽃
해님 닮은 빛의 꽃
한 바구니 가득 피워내니

인고로 다듬은 분신
은빛 면류관으로 영글게 하소서

지나던 바람이 하늘 문 열면
하늘로 들로 마음껏 날아다니는
꿈 이루게 하소서.

이른 봄

첫 돌 맞은 손자
뒤뚱뒤뚱 첫걸음마에
집안 가득 출렁이는
무지갯빛 웃음소리

아빠 엄마 따라 첫나들이 노랑 병아리 떼
마당 가득 쏟아지는
햇볕 쬐며 먹는 소리
삐악삐악

꽃밭에는
해토 머리 비집고 나온
작약꽃 새싹 벙그는 새봄 숨소리
연분홍빛 옹알옹알.

입춘

솜털처럼 따사한 입춘 햇볕
산등성 오르며
산수유 꽃망울에 입맞춤하니
온 천지 만물 잠에서 깨어나 기지개 켠다

겨우내 시린 어깨 움츠리던
개나리꽃 울타리 서두르며
노랑 비단 목도리 휘날리며 마을 길 내 달리니
앞산 진달래꽃 산허리 휘돌며 꽃 잔치 한마당

도시의 버려진 땅에도
소리 없이 번지는 들꽃 향기에
꽃 대궐 차린 노랑나비 한 쌍
하루해가 짧아라!

청계문학 20집 출판을 축하하며

'쇠자루를 갈아 바늘을 만든다' 는
이백(李白)의 좌우명
가슴에 새겨두고

꿈과 열정 불태워
도전하는 이들에게만 활짝 열리는 문
청계문학

맑은 계곡물에 맨발 담그니
글눈 밝아지고 꽃을 피워
무지개 하늘 열 수 있는
우리의 청계문학

20집 출판 기념일에 성년 맞아
눈부신 광채 뿜어내는 헌헌장부(軒軒丈夫)
우리의 청계문학

웅혼(雄渾) 불태우는
임의 불꽃
영원히 불타오르소서!

금의자 시집

밤하늘의 별을 그리며

제2부

부용화 시비(詩碑)

오래전에 이승 떠난 그녀의 시(詩)
진한 향기로 회자(膾炙)되어
그녀의 이름 부용화
영원히 빛나리.

귀한 만남

자주 다니는 산길 무심히 홀로 걷는데
어느 순간 그냥 지나칠 수 없는 꽃향기에
저절로 이끌려

지나온 길 되짚어
귀하게 눈 맞춤한
산 꽃 한 바구니

한란 꽃향기인 듯 재스민 꽃 향 닮아
곁에만 있어도
내 마음 선 해지는 고운 만남

혼자 보기 아까워 정성 들여 카메라에 품으니
산이 좋아 산에 사는 이름 없는 꽃이니
향기만 마음껏 가지라 말하네.

꽃 인사

용이 꿈틀거리고 준마가 포효하는
용마산 병풍 삼아
옹기종기 둥지 튼 언덕마을
집집이 대문 밖 입구에 놓인
예쁜 꽃 화분

오는 손님에게는 반기는 꽃 마중
지나는 길손에겐 정다운
눈인사 꽃 인사

어느 집 담 안에
주렁주렁 열린
잘생긴 감나무

담 밖 세상 궁금해
잘 익은 감하나 들고
담 밖으로 손 흔들어 주니
가파른 골목길 등불 켠 듯 밝아라.

누에 다리

우리 동네에서
몽마르트르 공원으로
지름길인 하늘 징검다리

동네 앞산과 서래마을 뒷산을 최단 거리로 이어주고
반포대로 자동차 길 열십자(字)로 가로질러
산을 깎아 만든 최신공법 철물 누에 다리

다산(多産)의 상징 누에가
그 길 오가는 이들에게
꿈과 희망 주니 사랑의 징검다리

해 저물면 거대한 누에가 일곱 빛 무지개 옷 입고
황금 비단 누에 실 뽑아
누에고치 짓느라

날 새는 줄 모르고 불 밝히니
'서기로운 풀 동네, 서초(瑞草)동'
우리 동네 밝은 동네.

느티나무

마을 앞 문전옥토 휘돌아 흐르는 시냇가에
나이를 알 수 없이 수백 년 장수하던 마을 지킴이
단옷날 신바람 나게 그네 태워주고
삼복더위엔 동네 어른들 강바람 쉼터

여름방학에는 또래 아이들 신나는 놀이터
아름드리 나뭇가지 다람쥐처럼 오르내리며
넉넉한 어깨에 등 받히고
동화책 읽다가 징검다리 물속에 자맥질 한나절

머리에 흰서리 내리니
무엇이 그리 바쁜지
차창(車窓)으로만 얼핏얼핏 스쳐 지나가네
꿈에도 그리운 그 푸르던 느티나무.

들꽃

햇빛과 구름 무지개 품고 사는
천둥·번개와 비바람이 모두
내 뿌리이니

도시의 막다른 골목길 돌 틈새에서
이름 없는 풀꽃으로
마디게 살아도

아침이슬 한 방을
한 조각 금빛 햇빛
때때로 소나기 한줄기면 넘치는 풍요

아무도 모르게
금싸라기 작은 꽃
안개처럼 피워 올리니

머무는 자리 늘 꽃자리
그 누구도 부럽지 않고
외롭지 않네.

물총새

천지를 개벽하는 듯 휘몰아치며 지나간
억센 장맛 비 후
새롭게 생겨난 거울처럼 맑은 물길
물결 따라 춤추는 은빛 금빛 윤슬
떼로 몰려 유영하는 물고기

하늘에서 망보던 물총새 한 쌍
전광석화로 내리꽂으며
펄떡거리는 피라미 찰나에 낚아채
유유히 날아갈 때

일곱 빛 무지개로
비상(飛上)하던 그 나래
잊을 수 없어
고향 언저리만 스쳐 지나가도 설레는 가슴

어버이 물총새 먹이 물고 위풍당당 사라지던
천길 절벽 그 보금자리는
지금도 그대로 있는지
꿈속에서도 생생하네.

뭉게구름

기세등등하던 장맛비
잠시 쉬어가는 하늘은
잔잔한 푸른 바다

한 아름씩 피어오르는
뭉게구름에 두둥실 실려
힘차게 노 저으니

하얀 물거품 일으키며
뒤따르는
새털구름 물결

장난꾸러기 돌고래 구름이 자맥질로 동행해주니
하늘 끝 어디까지든 가보고 싶어
설레는 이 마음.

부용화 시비(芙蓉花 詩碑)

한시(漢詩) 삼백 오십여 편을 후세에 남겨
조선시대 여류문학에 길이 남을
그 이름 김부용

'인생은 짧고 예술은 길다' 더니
오래전에 이승 떠난 그녀의 시(詩)
진한 향기로 회자(膾炙)되어

문인들 사랑과 정성 모아
광덕산 기슭에
그의 시비(詩碑) 세우니

그녀의 이름
부용화
영원히 빛나리.

산 더덕

노련한 심마니는 십 리 밖에서도
더덕이 스스로 알리는 향기 방향 찾아
산 더덕 캔다고 하더니

때마침 고갯길 넘던 무명시인
무르익은 더덕 향기에 취해
지필 묵 꺼내 즉흥시 한 수 지으니

더도 덜도 말고
그 글 속에 산 더덕 한 뿌리
넣으면 원 없으리

늦가을엔 정성 들여 더덕 꽃씨 받아
이 집 저 집 나눠주고
향기 지으며 살면 즐거우리.

어떤 벽(壁)

서로 좋아하면서도
마음속 깊이 숨어있는
어떤 벽 하나

아무 생각 없이 계속 긁으면
화를 내며 덧나는
종기 같은 것

모르는 척 애써 외면하면
눈 깜짝할 새에 텃밭을 점령하는
억새 같은 것.

연지(蓮池)

이른 아침
보일 듯 말 듯 얼비치는
짙은 안개 속
소리 없이 걸어 나와

영롱한 이슬로 세수하고
한 모금 목 추겨
꽃을 피우는 연(蓮)의 아침 기도
정갈하다

연지 가득 채우고
들길로 번지는 은은한 연꽃 향기
사바세계 중생 밝은 날 빌어주니
연못 속 맹꽁이 합창하며 화답하네

미망(迷妄)에 자주 흔들리는 내 마음
샘물처럼 맑아지고
새 희망 안겨주는 황금빛 아침
힘차게 열리네.

열무김치

누구나 냉장고가 없던 그 시절
복더위 시작되면 숙제하듯 다음 날 먹을 열무김치
매일 저녁 담그시던 어머니
텃밭에서 손수 키우신 열무 골라 소금에 절이고
손때 묻어 정들은 돌(石)확에 양념 넉넉히 갈아
조물조물 손맛 더한 김칫국물
작은 오지항아리에 자작자작 부어

밤새 뒷마루에 두면 알맞게 잘 익어
온 가족이 즐겨 먹던 열무김치
보리밥 위에 얹어 양념장 발라 쓱쓱 비비면
꿀맛 나던 그 별미 김치

비 오는 날 큰 보자기보다 더 크게
손수 밀대로 밀어 맛깔나게 끓여내신
구수한 칼국수 한 그릇에 열무김치 한 보시기 곁들이면
마파람에 게눈 감추듯 맛있게 먹던
엄마표 그 열무김치.

요술 궁전 텃밭

아파트 산책길 옆에
우리 집 거실 크기의 텃밭은
신비한 요술 궁전

아침 햇빛에 푸성귀 목욕시켜 어루만질 때는
형상만 있던 가지 꽃망울
해 질 녘에 다시 보면
보라색 꽃대 올려 환하게 웃고 있고

어제 노을빛 속에서 굳게 입 다물고 있던 오이 꽃눈
오늘 아침에는 엄지손가락 한 마디만큼 자란
연둣빛 오이 왕관 쓰고 탐스럽게 꽃피었으니
황금 면류관

내일은 누가 내 마음 흔들어 줄지
귀여운 풍뎅이와 쌍쌍 나비 날아와
호기심 많은 어린 내 아들과 놀아줄지
기다려지네.

장독대

햇빛 잘 들고 바람이 쉬어가는
뒷마당에 터 잡은
어머니의 장독대
우리 집 명당

집안에 중요한 일 앞두면
정화수 떠놓고 촛불 밝혀
지극정성 기도하시던
어머니의 성소(聖所)

입춘 무렵 길일 잡아 장 담그면
뜨거운 여름철 햇볕에 제대로 발효되어
그 맛이 일품이던
어머니의 장독대

텃밭의 푸성귀도
어머니의 장맛이 어우러지면
식구들 웃음꽃 활짝 피우던
깊은 그 맛.

종이배

어릴 적에 종이배 띄워놓고
물고기처럼 헤엄치며 뛰놀던
시냇물

은빛 금빛 윤슬 춤추며 흐르는 물결
어느새 허리까지 물이 차오르면
깊은 강물로 합류하는 위험한 물길이니
"더는 종이배 따라가지 마라"
엄중하게 경고하시던 어르신 말씀에

종이배 흘러가던 쪽으로
모래톱 달리며
그 배가 점 하나로 사라질 때까지
오랫동안 서서 배웅했지

그렇게 떠나보낸 수없이 많은 종이배
모두 어디로 흘러가서
무엇을 하며 살고 있을까
지금은.

찔레꽃

나들이하실 때면
섬세한 다듬이질 손수 정성 들여
곱게 지으신

한산모시 깨끼저고리에
옥색 치마 단아하게 입고
찔레꽃처럼 환하게 웃으시던
어머니

찔레꽃을 좋아하던
어머니

꿈에라도 한번 뵙고 싶네
머나먼 길 떠나시기 전에
미처 못다 한 말

"사랑해요. 엄마"
그 한마디.

친환경 텃밭

난생처음
내 손으로 가꿔보려고
내 차례를
기다리던 친환경 텃밭

오늘은 한 삽의 호기심, 내일은 두 삽의 의지
모레는 세 삽의 희망을 떠서
묵정밭 흙덩이 뒤집으며 밭고랑 만들어 놓고

잘 정돈된 이웃 텃밭 까치발로 넘겨다보며
가지, 방울토마토, 오이모종 심으니
넉넉해지는 마음

아침저녁으로 들여다보며 눈 맞춤 하니
푸성귀도 날 알아보는지 쑥쑥 잘 자라네
햇빛과 구름 비·바람이
푸성귀와 하는 은밀한 말, 내 귀에도 들리네.

텃밭 예찬

일조량이 길게 늘어나는
한여름 되니
텃밭 푸성귀 서로 시샘하며
풍성한 수확 더해주네

오이와 호박 따내고 나눠도
금세 또 열리니
밭에 더 자주 가 보고 싶어지고

무럭무럭 잘 자란 방울토마토
최고의 싱싱한 맛으로
쉴 새 없이 익어주니
어화둥둥 내 사랑 토마토!

잘 익은 토마토 한 바구니
한국 유학생에게 주고
오늘도 같은 시간에 또 한 바구니
누구와 나눠볼까!

받는 기쁨 크지만
주는 즐거움은 열 배 스무 배.

하늘 강(江)

그가 누구라도
사소한 말 한마디 거스르면
이내 폭발할 듯 끈적거리며 무더운
지루한 장마철 끝자락

오늘은 짙푸른 하늘 강이
내 창가에 가까이 다가와 손짓하며
나를 부르네

만사 접어두고
풍덩 뛰어들어
미역이나 감자고

바람 부는 대로 구름이 가자는 대로
함께 흘러가자고
하늘 강이 나를 부르네.

제3부

나그네의 꿈

바람처럼 구름처럼
저 하늘의 노을빛처럼
발길 닿는 대로
너울너울 떠다니는 꿈.

거울

나 자신을 바라볼 때는
온갖 허물투성이
내 모습 그대로 비춰 주렴아

아프고 쓰리지만 온전히 받아들여
새롭게 거듭나야 할
나 자신의 아픔이니

동행하는 이웃은
그가 하는 아름다운 말과
선한 몸짓만 보고 듣게 해 주렴아

그들은
또 다른 나의 거울이요
등불이니.

기도(祈禱)

무명(無明)의 어둠에서
빛으로 깨어 있게 하소서

역지사지의 눈으로
이웃을 따뜻하게 바라보며
자신을 고이되 선하고 지혜롭게
어떤 경우에도 비굴하지 않고 떳떳하게
해야 할 일 최선을 다할 수 있도록
용기와 능력 주소서

가슴속에 묻어둔 소중한 꿈은
언젠가는 해 돋는 아침 바다에
황금빛 파도로
출렁이게 하소서

인연으로 만난 사람과 부대끼며
지친 회한일랑
흘러가는 저 구름에 실어 보내고
작은 제 꽃밭엔
그리움만 남게 하소서

만남과 헤어짐은 삶의 본연
스쳐 간 귀한 만남을 위하여
어디선가 새로 만날
귀하고 착한 이웃을 위하여
정성 들여 두 손 모으게 하소서.

나그네의 꿈

전생(前生)이 집시 나그네였는지
늘
어디론가 떠나는 꿈을 꾼다

교통지옥 없고
미세먼지 없어
사람들이 착하고 재미나게 사는 곳 찾아

바람처럼 구름처럼
저 하늘의 노을빛처럼
발길 닿는 대로 너울너울 떠다니는 꿈.

산들바람

물 퍼붓고 돌아서면
곧바로 쐐기풀로 휘감겨 드는 불볕더위
한 달 이상 흘린 땀 주워 담으면
소금이 서 말

어디선가 모진 태풍 지나가며 큰비 내리고 있는지
산들바람 불어와
에어컨 선풍기 바람에 지친 몸과 마음
상쾌하게 씻어주네

집안 창문 모두 열어두고
스르르 깊은 단잠에 빠진 지난밤
그리 달고 선(仙)한 바람 맛본 지
얼마 만인가!

매미의 꿈

지리멸렬한 장마 끝에
여명(黎明)을 틈타
물렁물렁해진
땅속 걷어차고 풀숲과 나뭇등걸 끌어안고
우화(羽化)에 성공한 매미의 허물 옷
아파트 정원에 지천으로 걸리면
밤낮없이 매미 우는 소리로 시끌벅적한 우리 동네
잠 못 이루는 열대야
길게는 17년 동안 땅속에서 어둠으로 살다가
인간 세상에 와서 날개옷 입은 후 용케 짝꿍을 만나도
혼례축제는 단 하루뿐
영생의 소명 여한 없이 다 이루겠다고
시도 때도 없이 울어대는 그 열정
어느 찰나에 짝을 만나 신혼 꿈 다하면
까치밥으로, 길고양이의 간식으로
개미군단의 겨울 양식으로
미련 없이 몸 공양하고
초연히 떠나가는
매미의
꿈과
삶.

나만의 시간

다람쥐 쳇바퀴 돌 듯
무위로 반복되는 일상이 싫어질 때
아무도 반기지 않는 철 지난 빗물이
온종일 칙칙하게 내릴 때

차 한 잔도 대충 때우지 않고
의식을 행하듯
천천히 음미한다
나 자신을 극진히 대접하면서

예쁜 꽃잎 모아 책갈피에 눌러놓고
틈나면 자주 들여다보듯
한 점씩 모은
명품 찻잔 꺼내어

아끼는 고운 옷으로 갈아입는
여우 짓 마다하지 않고
클래식 음악 속에 시(詩) 한 편을 음미하면
더없이 소중하고 행복한 나만의 시간.

오사카
- 노노미야 진자

하늘을 찌를 듯 빽빽이 우거진
아라시야마 대나무 숲속에
붉은 옷 현란하게 입은
목조 노노미야 진자(神祠)에
인산인해 이룬 각양각색의 기복신앙

자녀의 상급 학교 입학을
자부(子婦)의 아들 순산을
본인의 장원급제 꿈을
하고 많은 소원 실명으로 써넣고
신(神)의 잠을 깨우는
딸랑 줄 봉헌 의식(儀式)

끊임없이 칭얼대며
무엇을 원하고 청하기보다
날마다 평범한 생활 속에서
감사를 찾아내고
어두운 그 무엇이 발생하지 않음에
더 감사하고 싶은 내 마음

이렇게 밝고 편리한
세상에 태어나서
진하게 맛보는 여행의 즐거움에
거듭 감사한 내 마음.

오사카
- 도게츠교

천 년의 고도(古都), 교토시를
양팔로 품은
풍요로운 호즈강(江) 가로지르는
아라시야마의 상징 오래된 목교(木橋)

달 밝은 날이면
달님이 그 목교를 건너는 것처럼 보인다는
시적(詩的) 운율 품어
고향 생각 절로 나게 하는 다리

낮에는 강가를 따라 찰방거리며
백로와 놀고
피라미 떼와 숨바꼭질로
자맥질하다가

해 저물어 휘영청 달 밝은 밤
달님과 손잡고
사뿐사뿐 건너보고 싶은
꿈의 도게츠교(渡月橋).

오사카
– 롯코 산장의 운무

가로등 불빛 속에
발목까지 드리운 롯코산(六甲山) 운무에
포근하게 안기니

누가 먼저랄 것도 없이
시 낭송과 노랫가락 절로 나와
잊지 못할 몽환의 밤

이대로 천사가 되어
어디든 날아가도 좋을
밤하늘의 유영(遊泳)

낭만이
강물로 흐르는
꿈같은 롯코 산장의 운무(雲霧).

오사카

- 청수사(淸水寺)

고도(古都) 교토시를 한눈에 품는 청수사 가는 길
밀려드는 관광객에 파도로 떠밀려
비지땀 흘리며 산비탈 더듬는 길
등줄기엔 쉴 새 없이 굵은 땀방울 흐르고

소풍 나온 학생들 간편 기모노 입고
삼삼오오 몰려다니니 축제 분위기
인파에 뒤섞여 고풍스러운 절 마당에 이르니
온몸에 현란한 주황색 칠 휘감고 서 있는
거대한 목탑 낯설어라

점점 더 거세지는 인파에 쓸려 청수사 전망대에 서니
교토 시내가 한눈에 들어오고
천애(天涯)의 절벽에서 공중으로 돌출된 본당 마루
못질 전혀 없는 전통 공법으로 나무 기둥 139개가
수백 년간 견고하게 떠받혀
거센 태풍 끄떡없이 막아내네

본당 옆 절벽에서 음우(音羽) 폭포수 마시면
장수, 건강, 학문의 이치

스스로 깨우친다는 전설

줄을 서서 오래 기다린 후에야
손과 입 먼저 씻어 내고
폭포수 받아 마시며
심중에 고인 소원 빌었더니
하산하는 발걸음 새털처럼 가볍네.

저녁노을

누구의 간절한 염원이
하늘에 닿아
저리 빛 고운
강물로 출렁이나

이루고 싶었던 그 무엇도
못다 한 꿈에 시리고 아린 마음
결결이 풀어내어
성스러운 저 강물에 모두 흘려보내고

삶의 어느 길목에선가 나도 모르게
수 없이 주고받은 아픈 상처
더 늦기 전에 용서하고
용서 청하며 어루만져 주고 싶어

불 밝혀 두 손 모으면
내 안의 모든 것 넘치는 은총인 것을
감사하며 사랑하다 언제든 그날이 오면
한 줄기 노을빛으로 곱게 흐르고 싶어.

민들레꽃

금빛 햇살
눈부시게 부서지는
낯선 골목길

흙 한 줌
물 한 모금 고이지 않는
높다란 축대

돌 틈새에서 아슬아슬 발 디디고
하늘 우러러 활짝 웃는
민들레꽃 한 가족.

반달

안마당 가 우물 속에
맑게 떠오른
새하얀 송편 달

두레박 내려
정갈하게 건져 올려

생 솔잎 편 백자 접시에
곱게 담아

따끈한 유자차 곁들여
임과 함께 나눴으면.

파로호 농장의 봄

산세 수려한 사명산 자락에
서천 시내 지척에 두고
푸른 꿈 꾸는 파로호 농장
마당 가득 펼친 풀꽃 융단 위에
'봄의 교향곡' 울려 퍼지는
파로호 농장

연분홍 새색시 살구꽃이 연주하는
비올라 음색에
아낌없이 정열 뿜어내는
격조 높은 복사꽃 바이올린 선율
분분히 날아드는 벌·나비
온몸으로 음률 고르는
하얀 배꽃의 우아한 하프 연주

빛 고운 음악 들으며 쑥쑥 자라는
두릅·쑥 순·개망초의 실한 이파리
울안 가득 약동하는 생명의 환희
오가는 문객들 가슴에 출렁이는 낭만
파로호 농장의 봄맞이.

몽돌 해변

보길도 앞바다의 공룡 알 몽돌해변은
수수만년 쉴 새 없이 밀려오고 부서진
원시의 거친 바윗 덩어리
수십 억 년 보듬고 어루만진 사랑 이야기

모양과 크기는 천태만상이지만
끌어안아도 보고
넌지시 기대어 귀 기울이니
알 속에 새겨진 파도의 밀어(密語) 들리는 듯

그 해변에 모여 사는 몽돌은
끊임없이 밀려오고 부서지는 파도와
시공(時空)을 뛰어넘어 서로 그리워하는 사이

그 바닷가에는
찰나도 영원처럼 사랑하고
영원도 찰나처럼 인내하는 파도와 공룡 알이
서로 쓰다듬으며 정답게 살고 있네.

동창생

까만 머리카락에 찬 서리 하얗게 내려도
마음은 언제나 해맑은 동심
학창 시절 교정에 꽃 피던
라일락꽃 향기가 난다

별이야, 달이야, 아무개야
이름 부르며 호들갑 떨어도
흉허물이 없고 믿음직스러워
반가운 너와 나

어디에서 마주쳐도
서로 알아볼 수 있는 그 향기

봄 산 오르며
소월의 '진달래꽃' 줄줄 외우고
가을엔 이산 저산에 단풍잎으로
곱게 물 들 줄 아는 멋쟁이 친구들.

추억 속으로

창가에 잠시 머물러 쉬고 있는
저 뭉게구름 타고 두둥실 실려 가면
어디까지 갈 수 있을까

캘리포니아주 요세미티 국립공원
태곳적 처녀림에 닿아
그때처럼 밤새 맨손으로 별을 따 보고
가족들과 손잡고 은하수 건너다 스르르 잠든 후

빽빽한 송림 숲 뚫고 한달음에 달려온
눈부신 아침 햇살에
두 팔 벌려 안겨도 보고

데이비스 대학교 외곽으로 끝없이 이어지는
녹색 융단 길 자전거로 내 달리며
내가 펄펄 살아있음을 가슴으로 느껴보고 싶어라.

제 탓입니다

'네 탓'이라 말하기 좋아하는 이는
자기 자신을 사랑하려고
애쓰지 않는 이

'제 탓'이라고 말할 줄 아는 이는
자기 자신을 사랑하려고
애쓰는 이.

제4부

연어의 수구초심

수수만년 대대로 탯줄로 흐르는
기나긴 어머니 강줄기
자나 깨나 어버이 강 되짚어 찾아가는
귀향길 장쾌하다
영원한 안식 누릴 수 있는
연어의 수구초심(首丘初心).

경포호수

강릉이 낳은 문인 기리는 시비(詩碑) 산책길
들국화 향기 가득한
가을 길

초허(超虛) 시인의 명시
'내 마음' 소리 없이 낭송하며 걷는
행복한 길

시인의 사랑과 기쁨
애달픔
내 가슴 촉촉이 적셔주네

그 마음 아는 듯
서산마루에 붉게 물든 노을 한 자락
미풍으로 호수에 내려와 두둥실 떠가네.

고추잠자리

눈이 시리도록 파란 하늘 강가
맞닿은 너른 들녘에
벼 익어가는 황금빛 물결 속

살랑살랑 부는 비단 바람결에
하늘하늘 일렁이는 코스모스 꽃밭에
쌍쌍이 손잡고 그네 타는 고추잠자리

화들짝 놀란 코스모스꽃
저들끼리 부끄러워
오색 양산 활짝 펼쳐 들고

안 보는 척
무심한 척
숨바꼭질 한나절.

단풍잎 1

시인과 화가가 하는 말
알아듣고
대답할 줄 아는
해어엽(解語葉)

가을이 잘 익어가는 산과 들에
원도 한도 없이 물감 풀어놓고
시를 쓰고

혼신 다하여 붓질 가다듬으니
불멸의 인상파 화풍(畵風)

그러나
모든 것 내려놓고

겸허하게 길 떠나야 하는
가을 나그네.

단풍잎 2

대 자연이 베푸는
햇빛과 물
바람에 감읍하며

나무가 한 땀 한 땀 수놓은
천상예복 갖춰 입은
가을 여신(女神)

고향 집 울안의 감나무 잎에
추억을 물들이며 와서
그리움만 남기고 떠나가고

만산(萬山) 계곡에
활활 불타는 꽃불로 와서
내 마음 휘저어 놓고 홀연히 떠나가네.

만추(晚秋)

한여름 타는 목마름
장마 시름 다 이겨내고
오곡백과 키워낸 하늘과 땅
땀 흘린 농부에게

오색 단풍잎 환호성 치며
감사 축제 한마당

내 집 앞에는
가야 할 때를 아는 은행나무 거목
서두르며 수천수만의 노랑나비 떼
훨훨 날려 보내는 발걸음 소리

방하착(放下着)
방하착(放下着).

망향(望鄕)

어릴 적 친구들과 고향에서 산행 즐기고
집으로 돌아올 때면
채송화, 접시꽃, 고향 꽃씨 손수 받아
하얀 편지 봉투에 그리는 그의 마음

손바닥만 한 우리 집 베란다 창가
어디에 꽃씨를 뿌리면 좋을까
들뜨는 그의 얼굴

메아리 소리 깊고 푸르던 뒷동산
그림자만 남아있는 고향 집
그리운 얼굴들

꽃씨 속에 새겨진
진한 그리움.

바쁜 아침 시간

1분의 시계 눈금도 천금이 되는
바쁜 아침 시간
출근 시간 전철역은
거대한 쓰나미 인파로
밀리고 쓸려 소리 없는 아우성

뒤따르는 이가 내 발 아프게 밟고도
마주 오는 이가 앞만 보며 돌진하다
사납게 내 어깨를 후려치고도
'미안하다' 사과 한마디 말할 여유 없이
거칠게 돌진하니 누구든 다칠까 겁나는 시간

저 많은 사람 어디로 저리 바삐 뛸까
오늘 아침에 나와 마주친
선한 이들이 소망하는 일들
술술 잘 풀리기를
그들 가정이 늘 편안하기를.

보름달

너른 울안 가득
백합꽃 향기 휘돌아 흐르는
휘영청 달 밝은 밤
창호지 문살에 어린 달빛에
선잠 깨어 마루에 앉으니

초가지붕 위 박 넝쿨
여유 만만
백자 달 항아리 그리는 밤

나뭇잎에 수런거리는 은빛 실바람
닭장 속 헛기침 소리
뒷산의 애끓는 소쩍새 울음에
잠 못 이루고 서성이며
깊어만 가는 달밤.

불타는 하늘 강

누군가의 간절한 소망이
불꽃으로 타오르다
그 염원(念願)이 하늘에 닿으면
저렇게 불타는 노을 강물로 흐르나 보다

상실의 극통(極痛)으로
아파하는 이에겐
함께 피 울음 울어 아파해 주고

고독에 몸부림치는 이에겐
그리움으로 모닥불 지펴
먼 옛날의 이야기 들려주나 보다

이름 없는 시인에겐
녹슬지 않을 시어(詩語)
욕심껏 건져 올리라고
무시로 저렇게
천의 얼굴로 서성이나 보다.

삶

목적지가 어디인지
어느 역에서 내려야 할지 모르고 떠난
먼 여행길

시행착오를 거치고 나서야
조금씩 천천히 알게 되는
수많은 의문 부호

보고 또 보아도
금방 다시 보고 싶은
절절한 그리움

털어내고 닦아내도
돌아서면
뽀얗게 쌓이는 먼지.

순댓집 여사장

토요 알뜰시장
방석만 한 좌판에
앉은뱅이 눈금 저울 데리고 앉아
모락모락 김이 나는 이런저런 순대
자기 마음 가는 대로
잘라 파는 순댓집 여사장

장 보던 이들이 잔돈 내밀고
놀 토요일의 게으름이
묻어나는 젊은 아빠와 어린아이
때맞춰 장에 나오신 할아버지
장마당 궁금하여 기웃거리는 할머니
차례를 기다리며 입맛 다시니
불티나게 잘 팔리는 순대

각진 단호한 얼굴에
보일락 말락 번지는 덤덤한 미소로
"저울 눈금보다 더 드린 겁니다"
"많이 드렸어요" 하며
건네는 순대 봉지
그녀의 장사 수완 야물다

좌판에 풀어놓은 장사 밑천
하도 소박하여
얼핏 안 돼 보이지만
상인 중 제일 먼저 자리를 털고
새로 뽑은 듯 뻔쩍거리는 자가용 몰아
알뜰 시장 떠나갈 땐
저이가 그이인가 다시 보이네.

억새꽃

노을이 곱게 물드는
하늘공원에서

강바람에 흔들리며
저들끼리 춤추는
억새꽃이

바로
너와 나인 것을

오늘에야 알았네
가슴 깊이 알았네.

연어의 수구초심

깊은 산골짝 외진 여울물 성소(性巢)에서 태어난 천애의 고아
부모의 살과 뼈가 녹은 계곡물로 자란 치어 때
때가 되면 부모 연어가 귀향한 거친 물살 역 주행하여
태평양에 이르는 험난한 여정 신비롭다

수수만년 대대로 탯줄로 흐르는 기나긴 어머니 강줄기 지도가
치어 연어의 몸 어디에 새겨져 있는지
상어 떼 득실거리는 대양에서 헌헌장부로 굳세게 살아남아
자나 깨나 어버이 강 되짚어 찾아가는 귀향길 장쾌하다

모천(母川)을 향한 대장정 시작부터 소명 다할 때까지 금식하며
살인적인 급물살과 협곡 뛰어넘느라
살가죽 벗겨지고 뼈마디 녹아내려도
불곰의 밥이 되어도 결코 멈출 수 없는 거룩한 행진

천신만고 끝에 성소에 들어 소명 다해도
천지신명에, 계곡의 수신(水神)에, 숲속 새들에
남김없이 몸 공양하고 나서야
영원한 안식 누릴 수 있는 연어의 수구초심(首丘初心).

추석 선물

딩동 댕 성급한 벨 소리에
연이어 툭 소리 남기며
배달된 작은 알밤 상자
밤 상자에 함께 묻어온 아기 조막손만 한
애호박과 가지 대여섯 개
약이 바짝 오른 홍·청 매운 고추 한 줌
양파 10개와
실고구마 · 감자 서너 개 어우러져
정이 철철 넘치는 무지개색 고향 선물

상자 가득 꾹꾹 눌러 채워 보내려고
누르고 흔들어 다독인 그이의
푸근한 마음과 손길 감사
지난여름 사납던 불가마 더위 잘 이겨내고
풍성한 수확으로 기쁨 주는
대자연에 무한 감사
오늘 저녁엔 애호박 볶음에
조물조물 간 맞춘 가지나물로
고향의 가을 마음껏 맛보리라.

코스모스

해맑은 청잣빛 하늘 속
가을바람이 써 보낸
수줍은 연서(戀書)

가녀린 꽃대
살랑살랑 일렁이며
누군가 기다리며 애태우는
절절한 그리움.

탱자나무 가시

탱자나무 울타리에 노랗게 잘 익은
탱자 따 보려다
가시에 찔려 몹시 아팠던
유년 시절의 기억

그 탱자나무 가시가
너와 내 안에도
무성하게 자라고 있음을
흘러가는 구름이 알려 주었네

선한 마음 거슬리면
누구든 아프게 찌를 수 있고
두고두고 쓰라린
날카로운 탱자 가시

너와 내 울안에 제멋대로 엉겨 붙은
그 탱자나무 가시 뿌리째 뽑아내어
가시 없는 고운 세상 만들어야지
내가 먼저.

향수

단풍잎 우표로 편지 띄워도
받는 이 없는 고향 집
해마다 가을이면 심하게 앓는 고향 병

모른 체 외면하면
더 깊어지는 향수(鄕愁)
감으로 달래 본다

오가며 부지런히 감을 사(購買) 나르고
떫은 감은 깊은 오지항아리에 천천히 익혀
기나긴 겨울밤
그리움 새김질하며 꺼내 먹는다.

고백성사(告白聖事)

반딧불이가 불빛을 반짝이며
안마당까지 날아드는 청정한 마을에서
또래 철부지들과 반딧불이 잡아
불빛만 떼어 서로의 얼굴에 붙여주며
반딧불이 같이 날아다녔지요

칠흑 같은 여름밤
반짝이며 날아다니는 그 불빛이
반딧불이의 애끓는 사랑 노래인 것을
나중에 한참 후에 알고
두고두고 부끄럽고 가슴 저렸지요

빛이여
그 시절의 무명(無明)을
치기(稚氣)를 용서하소서.

제5부

겨울 나목(裸木)

잡초보다 질긴 집착의 뿌리
미련 없이 뽑아낸
속 깊은 내면에
저 높은 곳을 향하여
겸손히 기도하는 구도자여!

금의자 시집

밤하늘의 별을 그리며

감(柑)

감은
책갈피에 알알이 새겨둔
내 어릴 적 동화책

오가며 지나는 길에
무심히 눈길만 스쳐도
가슴 뜨거워지는 고향 집 그리움

시오리 학교길 집에 돌아와
다람쥐처럼 감나무에 올라 홍시 따먹으면
눈 녹듯 사라지던 고단함

언제라도 바람으로 구름으로 날아가서
사나흘 머무르며 울안 가득 물안개로 피어올라
나와 함께 자란 감나무 포근하게 안아주었으면.

겨울 나목(裸木)

만추의 비단옷자락
한 겹씩 벗어내며
스스로 다짐하던 순명(順命)으로

잡초보다 질긴 집착의 뿌리
미련 없이 뽑아낸
속 깊은 내면에

무소유의 부유함을
자유를 올곧게 지녀
영성의 불씨 지피는 이

저 높은 곳을 향하여
오래 묵혀 맛 들인
침묵과 고행 곱게 빚어

온몸으로 받쳐 들고
겸손히 기도하는 구도자여!

곶감

늦가을 땡감 껍질 돌려 깎아
2열 종대로
대청마루 걸개에 걸어두고
열흘 밤쯤 자고 나면

떫은맛은
바람과 시간이 가져가고
입에 짝 달라붙게 익어가는
말랑말랑 달콤한 애벌 곶감

늦은 밤 숙제하다
걸상 위에 두꺼운 책 올려놓고
까치발로
한 개씩 빼먹으면

호랑이도 문밖에서 그 이름 엿듣고
놀라 도망쳤다는
그 무서운 꿀맛!

그 해장국집

밤새 우려낸 뼈 국물에 우거지 지글지글 끓여낸
소금 맛 해장국에 밥 한 공기
고춧가루가 아니 보이는 허연 깍두기 한 상 값은
수년 동안 변함없는 단돈 이천 냥

주머니가 너무 얇아
사시사철 등골이 시린 이들에게
몸과 마음 따뜻해지고 힘 나는
탯줄 밥상

한참 늦은 아침 식사에 얼굴 내민
빛바랜 독거노인
손톱 밑이 새까만 이가 지친 얼굴로
아무 식탁이나 빈자리에 합석해도
누구도 신경 쓰는 이 없이
각자 따로국밥에만 열중하네

한낮에도 마주 앉은 이의 눈빛이
서로 잘 보이지 않아
위생 상태 수상한 통나무 식탁
장안의 소문난 그 해장국집.

농부들의 토요 시장

초록 융단 잘 손질된 햇빛 고운 녹색 풀밭에
저마다 튀는 장마당 알록달록 펼쳐놓고
돈이 되는 것이면 무엇이든지 들고 나와
판을 벌리는 순박한 농부들의 토요 시장
볼거리 먹 거리 풍성해 눈과 입이 호사하는 날

때깔 곱고 눈요기 거리 번쩍이는 마켓의 상품보다
모양새 투박한 농산물이지만
값싸고 싱싱해 불티나게 팔리고
갓 따온 오렌지 한 자루
단 돈 99센트에 사라고 외쳐대니
피부색 눈동자 각양각색인 이들 와글 바글

즉석에서 지지고 볶는 음식 냄새 질펀하고 떠들썩해
남녀노소 모여드니 시장보기도 식후경(食後景)
즉석에서 구워 내는 가정식 빵 맛보려고
길게 줄 서서 오래 기다려도
짜증 내는 이 없이 싱글벙글
너도나도 유쾌한 농부들의 토요 시장.

눈부신 햇빛

'지난밤 밤새도록 내린 폭설로
교통지옥으로 변한 거리 매우 위험하여
의료진들 출근이 늦어지니
깊은 양해와 협조 부탁한다'는
긴급방송 메아리치는 병원 복도

아직 눈도 채 못 뜨는 백설 공주 우리 아기
잠깐 내 품에 안겨 있는데
유리창 밖으로 보이는 세상
천지 만물이 눈 속에 파묻혀
티끌 하나 없는 순백의 나라

창으로 쏟아져 들어오는
눈부신 햇빛
우리 모녀 포근히 안아 주어
더없이 따뜻하고 행복하여라

사랑의 주님,
우리 아기 순산하게 해 주셔서 감사드립니다
일만 가지 일상(日常) 모두
감사뿐이옵니다.

매화 편지

'올해 입춘에도 우리 집 정원에는
칼바람 눈발 속에서 예년보다 더 실(實)하고
더 많은 매화가 피었구나
그 향기 하도 좋아
너희에게 보내주고 싶다'라고 쓰신
고희(古稀)의 부모님 항공 편지 속에서
우수수 쏟아지는 말린 매화 꽃잎

꽃잎 하나하나 손수 책갈피에 곱게 말리신
지극하신 사랑과 정성
가슴 뭉클한 그리움

절절하게 그리운 부모님
저희가 어디에 있든
열정을 다해 꿈을 이루고
설중매화(雪中梅花)처럼 고운 꽃 피워
향기 나는 삶 살겠습니다.

명동 야시장

즉석 먹거리 상인들이 완전히 점령하여
인도(人道) 양쪽이 불야성인 거리
인파에 떠밀려 흔들리며 맨손으로 들고 먹은
즉석 새우튀김 야시장의 별미

앞선 일행 놓칠세라
황새목으로 늘렸다 줄였다
갈지자로 걸으며
뒷골목에서 마주친 혼돈 속의 질서

밤 깊은 줄 모르고
야단법석 뒤죽박죽
인파로 펄떡거리는
세모(歲暮)의 명동 야시장.

묵나물

무심히 지나칠 때는
양지바른 들녘에 흔한 잡초로만 알았는데
꽃대 여물기 전 부드러운 연둣빛 순(筍)
고사리처럼 삶아 햇빛에 말려두고
묵나물로 조리하면 그 맛이 일품이라는 개망초

사과 배 살구꽃 흐드러지게 핀 풀밭에서
망초 나물 한 아름 꺾어 정성 들여 삶고
햇빛 따라 옮겨 다니며
바짝 말려 갈무리하니
파로호 별장의 풀 향기 추억

말린 망초 순 다시 삶아
오물쪼물 양념에 통깨 넉넉히 뿌리니
언젠가 즐겨 먹은 듯싶은
맛있는 묵나물
어머니의 그 손맛.

백설공주

자정을 넘어 깊어가는 겨울밤, 진통이 오기 시작
서둘러 어바나 샴페인 대학병원 가는 길
함박눈 펑펑 쏟아지는 길
서설(瑞雪)이야
다 잘 될 거야
기도하며 들어선 분만실

한 손은 그이가 꽉 잡고
다른 한 손은 파란 눈동자의
나이 지긋한 간호사에게 잡힌 채
시공(時空) 넘나들며
시시각각 숨을 쥐어뜯는 진통
마지막 안간힘에 순산한 아기

앙앙 아기의 첫 울음소리 들었는데
그다음은 아무것도 기억나지 않고
잠시 후 백설공주님 순산했다는
의료진들의 축하 소리 들린다
그이가 환하게 웃고 있다

주님, 우리에게 허락하시는 백설공주 아기와

일상의 모든 은총 감사합니다.
폭설 뚫고 출근해 밤을 새우며 저의 출산을 도운
모든 이에게 감사합니다.

설경(雪景)

바람과 구름이 만나고
산새와 등산객이
아무 때나 쉬어가는 험한 고갯길

주인 없는 벤치에
밤새도록 쌓인 눈꽃 송이
한겨울의 정취 그렸네

범접(犯接)할 수 없는
투명한 고요함에 압도되는
시(時)와 공(空)

숲속에 깃든 산새들
이름 모를 작은 생명의 발자국도
숨죽이며 지켜만 보네

한참을 빙그레 미소 짓던 해님
함박웃음으로 벤치에 앉으니
골짜기 굽이굽이 펼치는 광휘(光輝)
눈부신 설경.

스마트 폰

내 손안에 개인 비서로 쓰려면
내가 먼저 첨단기술 알아야
아는 만큼
이롭게 쓸 수 있는 똑똑한 전화기

궁금한 것 물어보면
무엇이든지 척척 답을 주니
주머니 속 백과사전
여행길에나 이런저런 모임에는 전속 사진기사

수백 개의 가족과 친지 전화번호
지체 없이 가르쳐 주니 더없이 편리하지만
지나치게 의존하면 내 머릿속 기억력
야금야금 지운다고 하니 은근히 걱정

꼭 필요할 때에 아예 없거나
부주의로 밥을 굶기면
깜깜한 밤길 혼자 걷듯
구구절절 갑갑하니 천하에 애물단지.

아·나·바·다

연일 낮 최고 온도 갈아치우는 불볕더위
오늘은 40도 넘는 불가마 더위
지구온난화 때문이라고 말하네

생각 없이 마구 버리는 쓰레기 공해
아·나·바·다로 확 줄였으면
모두 한 마음으로

음식물, 생활 쓰레기 최소한으로 줄여
계곡물, 바닷물 청정하게 지켜내어
금수강산 우리나라 맑게 보전했으면

너와 내가 앞장서서
아껴 쓰고
나눠 쓰고
바꿔 쓰고
다시 쓰면

중병 앓는 시골 냇물 살아나
우리 마을 치유되고
반딧불이랑 물총새 다시 돌아오리.

죽음을 기억하라

체코, 쿠투나 호라 소재(所在)의
해골 성당 순례길
춘 3월임에도 동유럽 특유의 뼛골 시린 강추위에
덜덜 떨며 냉골의 성당에 들어서니

시야를 압도하는
해골로만 만든 거대한 샹들리에
인골로만 꾸민 성당 안 구석구석

'삶이란 미뤄진 죽음에 불과한 것'이니
'죽음을 기억하라(Memento mori)'는
엄숙한 화두(話頭)

지혜와 초연한 마음으로 다가올 죽음과 마주하고
내 안에 고여 있는 가장 좋은 것인
감사의 마음과 가장 소중한 것인
사랑에 집중하라고
무명의 뼛조각들이 거듭 말해 주네.

축복의 눈

눈이 와요. 쉬지 않고 와요
북미주 오대호(五大湖)가 고향이라
습기 많고 비단결처럼 부드러운 눈꽃 송이
이 거리 저 골목 쏘다니며
집집의 나무에 은빛 망토 입혀주네요

엊그제 밤새도록 눈 내리던
깊은 밤에 태어난 백설 공주 우리 아기
눈처럼 맑고 곱게 잘 자라라고
온종일 쉬지 않고 눈이 와요
축복의 눈이 와요.

평창 동계 올림픽 게임

강릉 스케이트 아레나에서
금메달에 도전하는
선수들 허벅지는
무쇠 허벅지

얼음장 같이 차가운 이성으로
초(秒) 단위 스피드 겨루며
활화산 열정 뿜어내는
꿀 허벅지

장하다
믿음직스럽다. 태극 선수
기필코 꿈을 이루시라
젊은 열정 그대여!

한난(寒蘭)

해마다 엄동설한에
함박눈 맞으며 내 집 찾아오는
귀한 손님

맑게 절제된 여백 단아하고
범접할 수 없는 고아한 향기로
무량(無量)한 기쁨 주는 고귀한 이

곁에만 있어도
내 영혼 맑아지고 선해지니
오래도록 아끼고 싶은 이

내가 사유하는
일상의 모든 것
그이 마음 닮기를

내가 쓰는 글 속에
그이 향기
그려낼 수 있기를.

□ 평론

實存的 인식과 성찰의 抒情 詩學

- 금의자 시집 『밤하늘의 별을 그리며』

張 鉉 景

(시인, 문학평론가)

實存的 인식과 성찰의 抒情 詩學

– 금의자 시집 『밤하늘의 별을 그리며』

張 鉉 景
(시인, 문학평론가)

1. 글머리에

  수양버들이 축 축 늘어진 연못가에 아지랑이 하늘하늘, 사방 연못에는 봄의 물결이 찰랑찰랑, 늘어진 버들가지에 흐르는 초록 물결을 그리며, 금의자 시인의 시 세계에 젖어 본다. 첫 번째 시집을 상재하는 월계(月季) 시인의 원고를 탐독하면서 시인의 의식이나 가치관에 대한 투철한 소명 의식을 감지할 수 있었다. 일상에서 얻은 체험적 시편들로 고뇌하고 있는 현실에 대해 자부심을 갖고 있는 시인은 그 뿌리를 튼튼히 함으로써 정체성을 확립하여 작품의 질로 승화하고 나타낸다.

  월계 시인은 어린 시절부터 글 읽기를 좋아하였을 뿐 아니라 아주 오래전부터 시를 마음의 서재에 꽂아두고 시와 객관적인 거리를 유지하며 내적 성찰에 몰입을 기울이다가, 신인상을 받은 후 마음의 서재에 생기를 불어넣은 듯 거침없이 관조(觀照)에 의한 실존의 탐구에 창작의 열정을 쏟고 있다.

시인이 이야기하는 옥천 인근에는 듣기만 해도 무릉도원을 연상시키는 이지당(二止堂)과 장계관광지가 있다. 걷지 않아도 앞에는 대청호가 그림처럼 펼쳐져 흐르고 뒤로는 산이 병풍처럼 에워싸고 있는 천혜의 경관을 고향으로 두고 있는 금의자 시인의 시들은 대체로 소박하고 있는 그대로의 사실과 자연의 아름다움을 표현하고 있어 읽기가 쉽다. 오스카 와일드는 '고뇌는 삶을 위해서 있다.'고 했다. 끊임없이 사유하고, 번뇌하며 시작(詩作)의 공고화를 도모하려는 시인의 모습이 아름답다.

2. 삶의 무게와 고뇌(苦惱)의 즐거움

겨우내 추위에 떨던 매화나무 가지 살포시 보듬으니
배시시 웃으며 실눈 뜨는 꽃봉오리
서두르며 꽃향기 사루네

초등학교 울타리 옆, 해 묵은 산수유 고목
시샘하며 황금 햇살 베어내
샛노란 산수유 꽃 티 밥 튀기니

희망가 부르며 날아드는

새들의 환호성
봄이 오는 소리.

--「봄」 一部

아빠 엄마 따라 첫나들이 노랑 병아리 떼
마당 가득 쏟아지는
햇볕 쬐어 먹는 소리
삐악삐악

꽃밭에는
해토 머리 비집고 나온
작약꽃 새싹 벙그는 새봄 숨소리
연분홍빛 옹알옹알.

--「이른 봄」 一部

시는 영혼을 담는 그릇으로 월계 시인은 일상적 삶의 현장에서의 경험을 시적 경험으로 잔잔하고 아름답게 그려내고 있어 독자들이 쉽게 그녀의 시 세계를 음미할 수 있다. 게다가 '샛노란 산수유 꽃 티 밥 튀기니'와 '작약꽃 새싹 벙그는 새봄 숨소리/ 연분홍빛 옹알옹알'에서처럼 지나친 아포리즘이나 알레고리를 자제하면서 의성어와 의태어로 적절히 병치하여 새봄이 오는 소리가 들리는 듯 묘사했다.

이처럼 외적 체험의 현장에서 시적 성찰로 비범한 시 세계를 형상화하고 있는 금의자 시인의 시의 의미를 좀 더 깊이 음미해 보자.

너와 나 사이에 흐르는
맑은 냇물에
목가적인 징검다리 하나
만들었으면

누구나 한 번쯤 즐겨 걷고 싶은
어릴 적 그 징검다리
우리 둘이 함께 만들었으면

거친 장마 몰고 오는
사나운 비바람에도
끄떡없는
튼튼한 징검다리 만들어.

--「동행」一部

'거친 장마 몰고 오는/ 사나운 비바람에도/ 끄떡없는/ 튼튼한 징검다리 만들어'를 들여다보면, 이미지가 순수하며 그리움의 갈망(渴望)이다. 화자가 지향하는 그리움은 절망적이거나 비극이 아닌 항상 사랑으로 동행하는 그리움이라는 것을 알 수 있다. 여기에서 그녀의 시적 형상화는 군더더기가 없이 진실로 그리움을 노래하고 있으며 그녀의 진솔한 모습은 독자에게 더욱 순수한 연민으로 다가온다.

　　　향기 그윽한 나만의 꽃
　　　한 송이 피우리라
　　　애끓는 단심으로
　　　임의 심장 그린다

　　　임을 그리며 날밤 새우다가
　　　다시 그려도
　　　이르지 못하는 아픔
　　　아침 햇살에 한 줌씩 털어내면

　　　황금비늘 번쩍이며
　　　빛 나래에 실려
　　　허공 중에 몸부림쳐 부서지는
　　　소중한 나의 편린(片鱗)들

　　　얼마나 더 담금질하고
　　　기다려야
　　　임은 오려나
　　　나만의 꽃으로.

　　　　　　　--「시(詩)」 一部

　시는 내 마음을 밝히는 꺼지지 않는 혼(魂) 불이라고 했다. 독
특한 표현이고 깨달음이다. 시는 인간의 의식 속에서 한 줄기

바람처럼 스치는 발상을 포착하여 진리를 함축 형상화시키는 것이다. 시상이 떠올라 무아지경에 이를 때, '임을 그리며 날밤 새우다가/ 다시 그려도/ 이르지 못하는 아픔/ 아침 햇살에 한 줌씩 털어내면// 황금비늘 번쩍이며/ 빛 나래에 실려/ 허공 중에 몸부림쳐 부서지는/ 소중한 나의 편린(片鱗)들'이라고 그려내고 있다. 시인은 끊임없는 담금질로 복잡한 현실을 초월하여 욕망의 공간을 벗어나 순수한 감성의 세계로 몰입해야 한다는 의미일 것이다. 화자는 한 편의 좋은 시를 쓰기 위해서는 진실한 고뇌가 뒤따라야 한다는 것을 인식하고 있는 것 같다.

    햇빛과 구름 무지개 품고 사는
    천둥·번개와 비바람이 모두
    내 뿌리이니

    도시의 막다른 골목길 돌 틈새에서
    이름 없는 풀꽃으로
    마디게 살아도

    아침이슬 한 방을
    한 조각 금빛 햇빛
    때때로 소나기 한줄기면 넘치는 풍요

    아무도 모르게
    금싸라기 작은 꽃
    안개처럼 피워 올리니

머무는 자리 늘 꽃자리
그 누구도 부럽지 않고
외롭지 않네.

        --「들꽃」全文

　도시에 공원이 생기고 개천을 만든다. 좀 더 적극적인 환경운
동으로 건물에도 층층이 혹은 옥상에 정원을 만드는 일은 자연
과의 교류로 인간의 정서를 순화하며 함양시킬 것이다. 이 한
편의 시「들꽃」에서 화자가 자신의 삶을 되돌아보며 만인에게
바람을 막아주는 아름다운 심성이 돋보인다. 들꽃은 주변에 나
무를 자라게 하고 땅의 침식을 막고 토질의 건조를 막고 땅을
윤택하게 할 것이다. 삶의 사막화도 막을 것이다.

　'머무는 자리 늘 꽃자리/ 그 누구도 부럽지 않고/ 외롭지 않
네.'를 조용히 되뇌어 본다. 작든 크든 서로 필요한 몫을 주고받
으며 더불어 살아가는 것이다. 하찮게 보이는 들꽃이라도 이 땅
에 존재할 이유와 가치가 있는 것이다. 따스한 눈빛을 가진 들
꽃의 무언의 향기를 우리는 느낄 것이다.

오이와 호박 따내고 나눠도
금세 또 열리니
밭에 더 자주 가 보고 싶어지고

무럭무럭 잘 자란 방울토마토
최고의 싱싱한 맛으로
쉴 새 없이 익어주니
어화둥둥 내 사랑 토마토!

잘 익은 토마토 한 바구니
한국 유학생에게 주고
오늘도 같은 시간에 또 한 바구니
누구와 나눠볼까!

받는 기쁨 크지만
주는 즐거움은 열 배 스무 배.

--「텃밭 예찬」 一部

　씨앗을 뿌리고 잡초를 뽑아 주고 물과 거름을 주며 짓는 농사
는 매우 힘이 든다. 월계 시인은 흙에 뿌리내린 작물들과 얘기
를 서로 주고받으며, 보살펴 주고 자라는 과정에도 사랑을 나눠
주며 '받는 기쁨 크지만/ 주는 즐거움은 열 배 스무 배.'라고 즐
거워한다. 이런 기쁨을 보물처럼 소중히 간직하고 있는 금 시인
이 있어 고향이 더욱 그리워지는 것은 아닐까!

눈이 시리도록 파란 하늘 강가
맞닿은 너른 들녘에
벼 익어가는 황금빛 물결 속

살랑살랑 부는 비단 바람결에
하늘하늘 일렁이는 코스모스 꽃밭에
쌍쌍이 손잡고 그네 타는 고추잠자리

화들짝 놀란 코스모스꽃
저들끼리 부끄러워
오색 양산 활짝 펼쳐 들고

안 보는 척
무심한 척
숨바꼭질 한나절.

-- 「고추잠자리」 全文

이 시를 읽으니 당나라의 멸망을 야기한 경국지색 즉 생사를 초월한 아름다운 사랑 이야기의 주인공으로 자리매김한 양귀비가 떠오르는 듯, 양귀비가 꽃밭에 가니, 그녀의 미모에 꽃들이 부끄러워 잎사귀로 꽃을 가렸다고 한다.

계절은 모두 삶의 여적(餘滴)과 같이한다. 봄에 씨뿌리고 여름에 성장하고 가을에 수확하고 겨울에는 칩거하며 계절의 흐름과 같이한다. 이 시는 세월의 흐름 속에서 가을의 정경을 민요적인 율조로 한 폭의 풍경화처럼 그려내고 있다. 황금 들판에는 벼와 허수아비 코스모스 고추잠자리가 있는 자연과 생활이 얽힌 풍경이 그려져 있다. 이처럼 이 시는 평범한 생활을 통찰하면서 그 가시적인 현실을 시적으로 표현하여 문학 공간을 이루고 있음을 볼 수 있다. '화들짝 놀란 코스모스꽃/ 저들끼리 부끄러워/ 오색 양산 활짝 펼쳐 들고'에서 보듯, 인간의 현실을 평면적으로 투시하여 그 서정을 입체적으로 조소한 이 시는 우리의 어두운 마음을 정화하고 밝게 한다.

안마당 가 우물 속에
맑게 떠오른
새하얀 송편 달

두레박 내려
정갈하게 건져 올려

생 솔잎 편 백자 접시에
곱게 담아

따끈한 유자차 곁들여
임과 함께 나눴으면.

--「반달」全文

송편 달은 반달, 상현달이거나 하현달이다. 화자가 처한 현실 상황에서 반달은 정신적으로 하현 때에 머물고 있음을 묘사한 것 같다. 상현이든 하현이든 삶에 있어서 불평불만이 없을 것 같은 예감이 든다. '송편 달'이 있기 때문이다. 어느 시인이 이르기를 '나는 삶을 영위하면서 많은 것을 잃었지만, 한 가지 얻은 것이 있어서 이렇게 살아 숨 쉬고 있다.'고 했다. 그 한 가지는 '어둠에서 빛을 지향하는 시를 쓰는 것'이라고 했다. 월계 시인은 인생길에서 송편 달, 따끈한 유자차 그리고 임이 있어 절망을 극복하는 상징물이 되어 독자들에게 또 다른 기쁨을 안겨 주고 있다.

탱자나무 울타리에 노랗게 잘 익은
탱자 따 보려다
가시에 찔려 몹시 아팠던
유년 시절의 기억

그 탱자나무 가시가
너와 내 안에도
무성하게 자라고 있음을
흘러가는 구름이 알려 주었네

선한 마음 거슬리면
누구든 아프게 찌를 수 있고
두고두고 쓰라린
날카로운 탱자 가시

너와 내 울안에 제멋대로 엉겨 붙은
그 탱자나무 가시 뿌리째 뽑아내어
가시 없는 고운 세상 만들어야지
내가 먼저.

-- 「탱자나무 가시」 全文

무시무시한 가시가 가지마다 틈을 주지 않은 채 잎에 가린 탱자가 꼭꼭 숨어 있다. 탱글탱글 잘 여문 진노랑 탱자를 따려다가 가시에 찔려 괴성을 질러대든 가시의 추억이 통통 튈 듯 새롭다. 가시 없는 고운 세상은 인간의 꿈 즉 시작품을 통해서 인류가 그려보는 이상향(理想鄕)이라 하겠다.

　　　만추의 비단옷 자락
　　　한 겹씩 벗어내며
　　　스스로 다짐하던 순명(順命)으로

　　　잡초보다 질긴 집착의 뿌리
　　　미련 없이 뽑아낸
　　　속 깊은 내면에

　　　무소유의 부유함을
　　　자유를 올곧게 지녀
　　　영성의 불씨 지피는 이

　　　저 높은 곳을 향하여
　　　오래 묵혀 맛 들인
　　　침묵과 고행 곱게 빚어

　　　온몸으로 받쳐 들고
　　　겸손히 기도하는 구도자여!

　　　　　　-- 「겨울 나목(裸木)」 全文

금의자 시인이 인용한 「겨울 나목(裸木)」은 자신을 상징하고 있는 동시에 모든 인생을 형상화하고 있다. 그런 점에서 그녀의 작품의 방향을 조금은 이해할 수 있을 것 같다. 시인은 겨울 산 행길에서 보이는 무수한 나목들이 단순한 나무가 아니라 많은 사람을 깨우치는 구도자로 나타내고 있다. 북풍한설에 떨고 있는 나목들을 의인화시켜 구도자로 묘사하고 있다는 점에서 절창의 작품을 탄생시키는 노련함이 돋보인다.

황량한 겨울 산속, 나목 앞에 선 시인의 성찰은 아무도 귀 기울여 알아주지 않아도 스스로 깊이 있게 파고들어 시를 쓰고 진실을 그려내고 싶다는 정신적 의지가 작품 속에서 표현되고 있어 기대를 갖게 된다.

3. 맺음말

월계 시인은 자신이 바라보는 사물이나 체험적 사건들에 시인의 정서를 투사하면서 시적 모티프를 표출해내고 있다. 오래전부터 시인들은 시적 모티프에 부합되는 성찰의 메시지를 담아내려고 노력해왔다. 그렇지만 뜻을 이루어 크게 성공하는 시인들은 많지 않았다. 화자에게 관심을 가지게 되는 이유는 작품마다 신선한 깨달음과 메시지를 내포하고 있다는 점이다. 그리고 작품의 질이 전체적으로 균등하다는 데에 있다. 이는 자아 정립으로 내포된 진리를 소화해내고 있다 할 것이다.

　화자의 시가 쉽게 읽히면서도 감동적인 것은 강렬한 시적 모
티프에 의해 농축된 사상에 근원적인 정서가 자연스럽게 녹아
있기 때문이다. 월계의 시는 고요하다. 열정의 메시지를 함축하
기도 하고, 자신만의 목소리를 나타내기도 한다. 끝 부분에 나
오는 '저 높은 곳을 향하여/ 오래 묵혀 맛 들인/ 침묵과 고행 곱
게 빚어// 온몸으로 받쳐 들고/ 겸손히 기도하는 구도자여!'에
서 젊은 시절로 휘돌아 이제는 과거를 추억하며 자신의 모습을
관조하는 시인의 담대한 모습에서 독자와 공감대가 형성되고
있다. 금의자 시인의 첫 시집 『밤하늘의 별을 그리며』는 서정
시학과 어둠에서 빛을 찾는 관능적 미학이 서로 어우러져 전인
미답(前人未踏)에 가까운 새 경지를 이룬 저작으로 현대인들에게
삶의 행복을 찾아가는 이정표 역할을 위해 서서히 그 모습을 드
러내고 있다.

밤하늘의 별을 그리며

초판인쇄 2019년 7월 10일 초판발행 2019년 7월 15일

지은이 금의자
펴낸이 장현경 펴낸곳 엘리트출판사
등록일 2013년 2월 22일 제2013-10호

서울특별시 광진구 긴고랑로15길 11 (중곡동)
전화 010-5338-7925
E-mail : wedgus@hanmail.net

정가 10,000원

ISBN 979-11-87573-17-3 03810